KB008786

두 번째 시간

이음희곡선

이보람

두 번째 시간

일러두기

<두 번째 시간>은 2018년 11월 15일부터 25일까지 남산예술센터
드라마센터에서 초연되었다. 이 책은 그 공연에 맞추어 발간되었다.

공연의 출연진 및 제작진 크레디트는 다음과 같다.

작	이보람
연출	김수희
출연	김재건
	강애심
	김상보
	김아라나
	박진호
	장석환
무대	이창원
조명	박선교
의상	이명아
음악	전송이
분장	지병국
조명 오퍼레이터	김은빈
조연출	김연수
	서지원
홍보사진	이강물
홍보영상	박태준

차례

등장인물

부인   77세(1935년생)

영감   82세

동규   27세 남성

은정   20대 초반쯤으로 보이는 여성

아들   30대 후반쯤으로 보인다

신부   37세

무대

공간은 부인의 집인 임대아파트와 그 외의 공간으로 분리되지만, 둘은 항상 같이 보여진다. 이야기가 아파트 바깥에서 진행되어도 임대아파트의 조명은 꺼져선 안 된다.

1장

현관문이 열려 있는 임대아파트. 부인은 음식을 준비하고
있고, 영감은 과일을 깎고 있다.
부인, 음식을 내오다가 과일을 깎고 있는 영감의 모습을
보고는,

부인   예쁘게 잘도 깎네요. 그 투박한 손으로.

영감   (멋쩍은 듯) 손녀 돌보느라 이것저것 하다 보니까….
             걔가 사과를 좋아하거든요.

부인   (웃으며) 영감님도 늙으니 별수 없네요. 우리
             선생님이 봤으면 놀랐겠어요.

영감, 상 끝에 놓인 상자를 그리운 듯 바라보다가

영감   선생님은 집안일 잘 안 도와주셨죠?

부인   집에 있던 적이 별로 없었죠.

영감   호됐죠, 시절이. (깎은 과일을 놓으며) 혹시 알아요.
             아직까지 살아 계셨으면, 제 옆에서 과일 깎고
             계실지….

부인, 그 말에 웃는다.
영감, 따라 웃다가, 눈물이 난다. 눈물을 훔친다.

영감   눈물샘도 늙어 갖구, 주책없이. 아휴, 그래도
             그랬으면 얼마나 좋겠어요. 지금 옆에서, (눈물을

훔치면서도) 아휴, 선생님, 그렇게 껍질 두껍게 깎으면 안 되는데…. 혼도 내보고….

부인, 옅게 웃다가, 이내 다시 상을 차린다.

영감   그때 산에 보내지 말아야 했어요. 그렇게 황망하게 가실 줄 알았으면.

부인   … 난 그래도 원망 안 해요.

영감   (눈물 닦다가, 무슨 말인지 몰라서) 네?

부인   선생님 덕에 이런 집에도 살고. 자식들도 잘 컸고. 점심은 집 앞 복지회관 가서 먹으면 되고. 늙어 적적하지 않게 이런 친구도 남겨됐고. 그만하면 남편으로 할 일은 다 하고 간 거죠.

부인, 상을 다 차리자 상자를 가운데 자리에 앉힌다. 영감과 부인이 마주 앉는다.
부인, 수저를 상자 앞쪽에 두면서

부인   많이 잡숴요. 선생님 좋아하는 고기도 했어요. 먹다가 목마르면 막걸리도 잡수고요. 그땐 배부르게 밥 한번 못 먹어봤죠. 내가 그게 한이었어요. 요샌 세상이 좋아져서 고기도 싸요. 많이 잡숴요.

영감   (마치 살아 있는 사람에게 말하듯) 많이 드세요.

부인과 영감, 한 숟갈 뜨려는데 동규가 들어온다.
동규는 이미 열려 있는 문을 보고 의아하게 서 있다가, 정신 차리고는 문을 두드린다.

동규   (들어와서 문을 두드린다.) 여기가 김영희 씨 집이

              맞습니까?

부인   (그제야 동규를 인지하고) 네, 맞는데요.

동규   좀 들어가도 될까요?

부인   (일어나며) 네, 그러세요.

동규, 집 안에 들어와 진수성찬이 차려진 밥상을 보고는,

이내 집 안을 찬찬히 둘러본다.

부인은 그런 동규의 행동에 이상하리만치 거부 반응이 없다.

그저 가만히 기다린다.

영감   (부인에게) 누구예요?

부인   (모른다는 표정)

영감   근데 왜 안 물어봐요. … 누구요?

동규   (명함을 건넨다.) 복지부 TF 팀에서 나왔어요.

영감과 부인, 명함을 건네받는데 눈이 침침하다.

명함을 멀리 봤다, 가까이 봤다 하면서 겨우 읽는다.

동규   생활보조금을 받고 계시죠?

부인   (공손히) 네.

동규   증명 서류 좀 볼 수 있을까요?

부인   네, 잠깐만요.

부인, 빠른 걸음으로 방으로 들어가서는 쪼그려 앉아 서류와

통장 등을 찾는다.

거실에서는 영감이 동규를 못마땅하게 바라보고 있다.

영감   당신 정말 (명함 보이며) 여기서 온 거 맞아?

동규   네.

영감, 의심스럽게 동규를 바라본다. 동규 역시 의심스러운
눈길로 영감을 본다.

동규   근데 할아버님은 누구세요?

영감   알아서 뭐하려고?

동규   서류상으론 이 집엔 김영희 씨 혼자 사는 걸로 돼
       있던데…

부인   (서둘러 나오며) 내 지인이에요. 놀러 왔어요.

부인, 서류를 건넨다. 동규, 서류와 통장을 살펴본다.

부인   무슨 문제라도…?

동규   (머리 긁적이면서) 신고가 들어와서요. 가난해서
       임대아파트에 살고 있는 할머니가 고기를 엄청
       많이 사 갔다고…

영감   가난하면 고기도 못 먹어? 요즘 시대가 어느 땐데.

동규   (상차림을 보며) 고기뿐만이 아니라 막걸리며 꽃이며,
       엄청 많이 사 갔다던데… 생활보조금으로 사시는
       분이 무슨 돈이 있어서…

부인, 얼른 가계부를 가져와서 동규 앞에 펼쳐 보인다.
영수증과 가계 기록이 꼼꼼히 적혀 있다.

부인   비싼 거 안 샀어요. 고기도 소 말고 돼지로 샀고…
       마침 세일을 많이 해서요. 그리고 막걸리도 봐봐요.

하나 사면 하나 더 주는 걸로 샀고, 여기 나물에,
두부에, 전부 다 유통기한 가까워져서 세일하는
걸로 산 거예요.

영감은 부인의 그런 모습이 속상하다. 하지만 뭐라고 못
하고 괜히 담배만 뻑뻑 빨아댄다.

부인   꽃은… 봐줬으면 좋겠어요. 남편이 오랜만에 와서,
       분위기를 내고 싶었거든요.
동규   남편이요? 돌아가신 걸로 돼 있던데? 돌아가셔서 이
       보조금 받는 거잖아요.
부인   (살짝 날 서서) 우리 남편이 일제시대 때 독립운동을
       해서 그 공을 인정받아서 받는 거지, 죽어서 받는
       게 아니에요.
동규   (당황하며) 아… 네….
영감   당신, 대한민국 사람 맞아? 이 집이 어떤 집인지도
       모르고 왔단 말이야?
동규   … 어떤 집인데요?

영감, 훈장을 가리킨다.
동규, 훈장을 보는데, 알아보지 못한다.

영감   저 이름을 보고도 우리 선생님이 누군지 모른단
       말이야?

동규, 영감의 말을 무시하고는,

동규   할머님, 이 임대아파트 분양받을 때 나라에서 우선

입주하도록 알선권을 준 거 아시죠?

부인 (갑자기 무슨 소리인가 싶어서) 네?

동규 (적어온 걸 보면서) 그리고 매월 유족 연금으로 143만
      1천 원 지급되고 있고요.

부인, 그것에 대해 뭔가 말하고 싶어 하는데,
동규, 부인의 말을 막으며 자신의 말을 끝까지 다 들으라는
제스처를 보인다.

동규 또 매년 의료급여증을 발급하여 진료 혜택과 함께
      보훈 섬김이를 활용한 가사 간병 지원도 하고
      있고요, 그 외 전화, 전기 요금 및 국내 항공 이용
      감면, 국공립 공원 무료입장 등의 혜택이 있으며,

영감 (말을 자르며) 자네 도대체 무슨 소릴 하고 싶은
      건가?

동규 혜택에 대해 한번 주지해둘 필요가 있다고 해서요.

영감 누가?

동규 제 상사가요.

영감 왜? (비꼬듯) 감사하라 이건가?

동규 (어깨를 으쓱이며) 뭐, 글쎄요. 저도 시키니까 하는
      거라서요. (부인의 표정을 보고는) 기분 상하셨어요?

부인 (그 말에 고개를 들어 미소 지어 보이며) 괜찮아요. (제사상에
      다가가며) 감사하죠. 나라가 잘살게 돼서 이렇게
      힘없는 늙은이한테까지…

부인, 속의 부대낌에 말을 끝맺지 않는다.

동규 (분위기를 느껴서) 좀 그렇죠. 아무래도. 저도 이런 거

불편하긴 해요. (말을 돌리며) 그런데 이런 경우는
저도 처음이긴 해요. 보통은 이렇게 직접
찾아가라고는 하지 않는데… 신고가 계속
들어와서….

영감　　신고한 사람이 누군데?

동규　　신고자 신원까진 저도…

영감　　(명함을 보며) 당신, 나라에서 보낸 거 맞아?

동규　　전 제 상사가 보내서 온 건데요.

영감　　(답답해하며) 아니, 공무원일 거 아냐. 나라를 위해
　　　　일하는 사람.

동규　　(정색하며) 전 월급을 위해 일하는데요.

영감, 황당하고, 부인, 그런 동규가 웃기면서도 신기하다.

동규　　(서류에 적으면서) 아, 아까 남편이 돌아왔다는 건 무슨
　　　　소리예요? 설마 뭐 속이는 게 있는 건 아니죠?

부인　　그쪽은 우리 남편에 대해 모르죠? 우리 집 사정도?

동규　　(머리를 긁적이며) 알아야 하나요?

부인, 갑자기 상자를 열고 머리뼈를 꺼낸다. 동규는
기겁하고, 영감은 당황하는데, 부인은 약간 들떠 있다.
기겁하며 뒷걸음질 치는 동규에게 다가간 부인이 머리뼈를
내보인다.

부인　　봐봐요. 이 부분.

동규　　(제대로 못 보며) 왜, 왜요?

부인　　이 부분이 어떻게 보여요?

동규, 피하고 싶지만 눈을 돌릴 수 없게끔 부인이 아주
가까이 유골을 들이밀어 어쩔 수 없이 보게 된다.

동규　　구, 구멍이 났네요.
부인　　산에서 떨어지면 이렇게 구멍이 날 수 있을까요?
동규　　(그 말에 다시 보고는) 그러기엔 모양이 너무
　　　　동그란데… 꼭 망치 자국 같은 게…
영감　　(그 말에 가까이 온다.) 자네 눈에도 그렇게 보이나?
동규　　(끄덕인다.)

부인과 영감, 서로를 바라본다.

영감　　이야, 이거 참. (부인에게) 그래. 우리 눈에도 그런데
　　　　남들 눈에는 아니겠어요? 우리가 괜한 걱정을
　　　　했어요. 이렇게 아무것도 모르는 젊은이도 그렇게
　　　　말하는데. 누가 부정할 수 있겠어요?
동규　　이게… 뭐예요?
부인　　우리 남편이에요. 남들이 산에서 실족사했다고
　　　　했는데, 봐봐요. 당신 눈에도 산에서 그런 모양은
　　　　아니지요?
영감　　선생님이 독재 정권 시절에 민주화운동을 했거든.
　　　　미워하는 사람이 많았어.
동규　　아깐 독립운동 했다고….
영감　　독립운동도 하고 민주화운동도 했지.
동규　　네? (잠시 생각하다가) 그러니까 독립운동할 때는 살아
　　　　있었고, 민주화운동하다 죽었다는 거죠?
영감　　(들떠서) 그렇지. 그때 정부에선 우리 선생님이
　　　　산에서 실족사했다고 발표했지만, 여러 정황상,

말이 안 된다고 생각했는데, 그땐 시대가 무서워서
넘어갔지. 근데 얼마 전에 비가 많이 내려서, 무덤이
무너져서 이장시키려고 봤더니, 봐봐, 떡하니
이렇게 증거가,

동규   (도망가려고 하며) 그럼 전 전달할 거 다했으니 이만
가볼게요.

영감   아니 지금부터 시작인데, 얘기는 끝까지 듣고
가야지.

동규   아뇨, 바빠서…

영감, 옷을 챙겨 입으며 동규를 따라나서려는 기세다.

동규   왜 따라오세요?

영감   당신이 이 집 담당이면 이 집의 역사를 좀 알아야
할 거 아냐.

동규   전 서류에 적힌 거만 알면 돼요.

영감   거기에 우리 선생님이 어떤 사람인지, 그날 무슨
일이 있었는지, 안 적혀 있잖아. 그게 제일 중요한
건데.

동규, 도망가듯 서둘러 나간다.

영감   아, 저놈 새끼.

영감, 서둘러 신발을 신지만, 영 느리다.

영감   사모님, 전 잠시 저놈이 진짜 어디서 온 놈인지
확인 좀 하고 올게요. 누구 명령으로 왔는지,

신고자는 누군지, 다 내 눈으로 직접 확인을
해야겠어요.

부인   괜히 힘 빼지 말아요. 이런 일 한두 번도 아니고….

영감   사모님. 전 무덤에서 선생님이 저 혼내러 나온 거
          같아요. 37년 동안 니놈 뭘 했냐고…. 이번에 해결
          못 하면 저승 가서 선생님 뵐 면목이 없어요.
          드디어 기회가 온 거예요. 이번엔 그때처럼
          허망하게 선생님을 보내지 않을 거예요.

영감, 나간다.
부인, 영감이 나간 곳을 보다가,

부인   (혼잣말한다.) 37년… 벌써 그렇게 됐나….

부인, 머리뼈를 찬찬히 본다. 남편의 얼굴을 기억해내려는
듯, 혹시 지난 세월 동안 자신이 잊어버린 게 있는지 꼼꼼히
살핀다.

부인   잘생긴 얼굴이 어찌 이리 됐데요.

부인, 찬찬히 얼굴을 만져보다가, 구멍 난 자국을 응시한다.
자신이 기다려온 시간이 다가오고 있음을 느낀다.

부인   (머리뼈를 안도하듯 끌어안으며) 이제 됐다!

남편이 돌아온 듯 머리뼈를 끌어안는다. 잠시 뒤,

은정이 들어온다. 역시 열려 있는 문으로 저도 모르게
들어와 멀뚱히 서 있다.

은정   저기요…

부인, 그 소리에 뒤돌아본다.

은정   (활짝 웃는다.) 안녕하세요. 어머님!

2장

한 달쯤 뒤의 임대아파트.

은정, 혼자 있다. 그녀는 자기 집인 양 누워 과자를 먹고 있다.

그러다 문득, 유골함을 본다. 호기심에 뚜껑을 살짝 열고는 안을 들여다본다. 놀라서 잠시 고개를 돌렸다가 이내 자세히 본다.

그때 동규가 들어온다.

동규   (혼잣말한다.) 이 집은 왜 문을 자꾸 열어놓는 거지?

은정   (인기척에 뒤돌아본다.)

동규   (은정을 보고는) 누구세요?

은정   그쪽은 누군데요?

은정과 동규, 서로를 경계하듯 바라본다.

은정   전 이 집 며느리인데요.

동규   네? (서류를 보며) 이 집엔 할머님 혼자 사는 걸로 돼 있는데….

은정   아, 같이 살게 된 지 얼마 안 됐어요.

동규   그런 거 다 신고해주셔야 하는데….

은정   왜요?

동규   여긴 국가에서 준 임대아파트고, 또 생활보조금도 받고 있고…

은정   (웃는다.)

동규	?
은정	이 집이 어떤 집인 줄 알면 그런 식으로 말 못 할걸요?!
동규	그 문장은 이 집 안부 인사 같은 거예요?
은정	교과서에도 실렸잖아요. 완전 유명한데. 우리 아버님 없었으면 광복도, 민주주의도 없었을걸요?!
동규	(웃는다.)
은정	?
동규	아니, 너무 역사책에서 본 그런 단어들을 말하니까… 좀 오글거려서…. (다시 서류를 보며) 그럼 남편분이 이 집 아드님인 거죠? 근데 할머님 서류엔 지금 같이 살고 있는 아들이 없는데….
은정	얼마 전에 귀국해서….
동규	아, 다들 해외에 살고 있다고 했죠?!
은정	근데 누구세요?
동규	(익숙하게 명함을 주고는) 부양가족이 있으면 연금 책정이 달라져야 하거든요.
은정	전 임신 중이라 일하기 힘들어요. 그럼 괜찮죠?
동규	임신하셨어요?
은정	(끄덕인다.)
동규	(머리를 긁적이며) 그럼 남편분은… 그러니까 이 집 아드님은요?
은정	아직 안 왔어요. 오랜만에 집에 오려니 쑥스러운가 봐요. 전에 그렇게 말했거든요.
동규	전화해보세요.

은정, 딴청 부린다.

동규	(그런 은정이 이상하지만, 서류를 보면서) 근데 이 집에 아드님이 세 명 있어서... 남편분 성함이 어떻게 되세요?
은정	⋯ 그 세 명, 이름 좀 불러주시겠어요?
동규	네?
은정	제가 이름이 가물가물해서.
동규	⋯

동규, 황당한데, 은정은 당당하다.
동규, 머리를 긁적이며 이 상황을 생각하다가,

동규	신분증 좀 보여주세요.
은정	왜요?
동규	신원 확인 좀 할게요.
은정	남의 집에 대뜸 들어와서 신원 확인 하자는 거 되게 비상식적이지 않아요?
동규	보니까, 이 집 항상 문 열려 있는 거 같던데. 그쪽이 남의 집에서 며느리 행세하고 있을지 누가 알아요?
은정	와, 어이없어.

은정, 갑자기 겉옷과 장바구니를 챙긴다.

동규	도망가는 거죠?
은정	장 보러 가는 거예요! 나, 이 집 며느리 맞다니까! (화를 참으며) 내가 진짜 울 어머님 생각해서 참지. 원래 성격대로였으면 확!⋯ 아휴, 정말 이 집 가훈 지키며 살기 더럽게 어렵네.

은정, 그러면서도 나가려 한다.

동규   도망가는 거 맞네!

은정   울 어머님이 이 집은 언제나, 누구에게나 열려
             있어야 한댔어요. 문을 닫아도 안 되고 쫓아내도 안
             된댔어요. 내가 울 어머니 생각해서 당신 봐주는
             거야!

은정, 뒤도 안 돌아보고 나간다.
혼자 남은 동규, 황당하다.

동규   뭐야? 이 집! 몰래 카메라야? (괜히 의심스러워 주변을
             둘러본다.)

무대 한구석, 성당이다.
부인이 관 속에 뉜 죽은 사람에게 염을 하고 있다.
섬세하면서도 능숙하다.
부인, 염하다가 관 속의 죽은 사람 얼굴을 가만히 바라본다.

부인   좋아요? 표정이 아주 환하네요. 나쁜 기억 다 두고
             갔나 보다. 부럽네요. 정말로.

신부가 와서, 그런 부인의 모습을 보고는,

신부   안 무서우세요?

부인   신부님이 그러면 어떡해요. 장례미사도 하실 분이.

신부   아니, 사람들이 그래서요. (관을 닫으며) 자꾸 말 걸고
             그러지 마세요. 가뜩이나 성당에서 염하는 것도

껄끄러워들 하는데.

부인   (닫힌 관을 보면서) 답답할 텐데….

신부   뭐가 걱정이에요. 하느님 곁으로 갔는데. 천국에서
        평안하실 겁니다.

부인, 계속 관을 보고 있고, 신부는 부인에게 할 말이 있는
듯 어정쩡하게 다가간다.

신부   이 일 오래 하셨죠?

부인   올해로 37년 됐어요.

신부   햇수까지 기억하세요?

부인   그때 우리 남편이 그렇게 되고, 감시가 붙어서,
        밖에도 못 나가게 했거든요. 근데 성당은 가게
        해줘서… 그때 추기경님이 우리 사정 아시곤 몰래
        이 일을 맡기신 거예요. 얼마나 고마운지…. 햇수만
        기억하게요? 난 여기서 내가 보낸 사람들도 다
        기억해요. 풍으로 입 돌아간 할아버지 입도 이렇게
        내려주고, 교통사고 나서 팔다리가 (팔을 구부리며)
        이렇게 휙 돌아간 사람들도 다 쫙쫙 펴주고….
        그래도 그 사람들은 운이 좋은 거죠. 관에라도
        들어갔으니까. 살았는지 죽었는지 모르는 사람도
        그땐 허다했으니까…. (뭔가 생각난 듯 킥킥 웃으며) 참,
        내가 아주 잘 기억하는 사람이 하나 있어요. 옛날에
        우리 집 감시하던 사람이었는데, 떨어져서
        감시한다는 게 다 들키게 맨날 서 있어. 동네
        애들이 나한테 와서 말할 정도였죠. "아줌마, 저
        아저씨가 여기 또 왔어요. 조심하세요."… 그 사람
        염을 하는데, 편히 눈감고 있는 얼굴을 보니까 약이

바짝 올라서… 그 사람 볼을 확 꼬집었지. 여기 볼이
팍 들어가갖구… 그 사람 그 상태로 관에
들어갔다니까.

부인, 혼자 재미있다는 듯 웃는데, 신부는 그런 부인을
어색하게 보고 있다.

신부   염하는 거… 올해까지만 하기로 했어요. 업체에
         맡기고 저흰 장례미사만 하는 걸로요. 다른
         성당들도 다 그렇게 하고 있고요.
부인   추기경님이 주신 일인데….
신부   지금 다른 추기경님이 계신 건… 아시죠?
부인   …
신부   (분위기 바꾸려 노력하며) 대신 매일 기도하러 오셔서
         하느님 만나시면 되니까… 우리도 언제나
         막달레나님 환영하고요. (부인의 반응이 없자, 다시 분위기
         바꾸려 노력하며) 37년이라니… 오래 하셨네요. 정말.
부인   (삐죽이며) 신부님 나이보다 오래 했죠.
신부   … 다들 막달레나님이 이상하다고 하지만, 저는
         막달레나님이 안타까워요. 오죽 외로우면 그러실까
         싶어서요. 요즘은 남편분 유골을 집에 두고
         있다면서요?
부인   외로워서 이 일 하는 거 아니에요. 외로워서 우리
         남편 유골을 가져온 게 아니에요. 이거 내
         소명이에요. 남편이 주고, 추기경님이 주신
         소명예요.
신부   소명은 하느님이 주는 거지 사람이 주는 게
         아니에요. 하느님이 주신 소명은 이런 게 아닐

거예요. 그렇잖아요. 37년이나 이런 삶을…
막달레나님이 마음을 열어야 해요. 죽은 사람들의
이야기가 아니라 하느님의 말을 들을 수 있게요.

부인   신부님, 내가 이제 일흔일곱이에요. 난
일제강점기에 태어나서, 6·25도 겪고, 독재 정권도
겪고, 광주에, 삼풍에… 아주 많은 사람이 죽었어요.
그런데도 난 여전히 살아 있고요. 신부님, 내가 왜
살아 있겠어요?

신부   살아 있는 건 축복이에요. 죄의식 가질 필요 없어요.

부인   (날 서서) 내가 왜 죄의식을 갖지요? 그걸 가져야 할
사람은 내가 아니죠.

부인, 인사 안 하고 나간다.

다시 임대아파트. (위의 장면이 진행되는 동안 동규의 움직임도 같이
보인다.) 동규는 처음엔 어색해했지만 이내 휴대전화를
붙잡고 놀고 있다. 그러다가 문득 유골함을 본다.
망설이다가 호기심에 유골함을 열어본다. 머리뼈를 유심히
보고는, 시뮬레이션을 해본다.
그때, 아들이 들어온다. 동규는 아들을 눈치채고는
당황하는데 아들은 유골을 보고 인상을 찌푸린다. 동규,
아들의 표정을 살피며 유골을 다시 상자에 넣는다.
아들과 동규 사이에 침묵이 흐른다.
동규, 막연한 주인 의식에,

동규   누구신지…?

아들   (거리낌 없이) 아, 저 이 집 아들이에요.

동규   아!

아들, 태연히 집에 들어와 가방을 내려놓고 냉장고를 열어
물을 꺼내 마신다.
동규, 스스럼없는 아들의 행동을 보고는 그가 이 집
가족이라는 걸 깨닫는다.
동규, 손님의 입장으로 자리에 앉는다.

아들   식사하셨어요?

동규   네?

아들   (찬장을 뒤지며) 배고파서. 라면 끓이려고 하는데 혹시
         생각 있으면…

동규   아, 아뇨…. 전 금방 가야 해서….

아들   네.

아들, 컵라면에 스프를 풀고 끓인 물을 붓는다.
동규, 유난히 스프 넣는 소리가 크게 들리고, 물 붓는 소리도
잘 들리고, 냄새도 후각을 자극한다. 동규, 배가 고파진다.
무심코 자기 배를 만져본다.
아들, 그런 동규의 행동을 눈치챈다.

아들   냄새가 죽이죠?

동규   … 그러네요.

아들   하나 더 할게요.

동규   … 감사합니다.

아들, 컵라면 두 개를 들고 동규에게 다가가 탁자 앞에
앉고는 젓가락을 놓아준다.
동규, 송구하게 받는다.
아들, 뚜껑을 열어 먹으려고 하자

동규   (말리며) 어, 아직 오 분 안 지났는데.

아들   배고파서….

동규   아니 그래도.

아들, 동규의 말에도 먼저 먹는다. 동규, 그런 아들이
안쓰럽다.

동규   부인분이 밥 잘 안 해주죠?

아들, 그 말에 먹다가 동규를 쳐다본다.

동규   그렇게 보이더라고요.

아들   (다시 컵라면을 먹으며 갸웃거린다.) 부인요?

동규   네. 더구나 임신했으니 얼마나 먹겠어요? 남편한테
          이거 먹고 싶다, 저거 사 와라. 그런 거 엄청
          시키죠?

아들   … 저한테 임신한 부인이 있나요?

동규   … 아니에요?

아들   처음 듣는데.

동규   그럴 줄 알았어! 아, 그 미친 여자. 잡아서 경찰서에
          넘겼어야 했는데. 아니, 웬 이상한 여자가… 자기가
          이 집 며느리라고…

아들   아, 가끔 이상한 사람들 와요. 이 집 문, 항상 열려
          있어서. (컵라면을 가리키며) 드세요.

동규   (컵라면을 먹으며) 그러니까요. 왜 문을 안 잠가요?

아들   어머니 뜻이라. 전 마음에 안 들어요. 요즘 같은
          시대에. 위험하잖아요.

동규   (반색하며) 이 집에서 정상적인 말을 하는 사람을

이제야 만나네요. (그러다 불쑥 서류를 보며) 그러면 이 집 막내아드님이세요? 나이가… 꽤 젊어 보이셔서….

아들 아, 제가 늦둥이라. 아버지 돌아가셨을 때 태어났거든요.

동규 근데 왜 외국에 계셨어요? 한국에서 어머님 모시고 살았으면 여기보다 더 좋은 집에서 가족이 오순도순하게…

아들 취직이 안 돼서….

동규 아, 취업난.

아들 아니, 아버지 때문에.

동규 ?

아들 제가 취직만 하면 그 회사로 세무조사 들어가고, 자꾸 전화 와서 무슨 의도가 있냐며 괴롭히니까… 미안해서… 한 회사에 6개월 이상 있었던 적이 없어요.

동규 누가 그런 짓을 해요?

아들 (동규를 보며) 글쎄요. 저도 얼굴 보고 대화 나눠보고 싶긴 해요. 도대체 누군지.

동규 영화 같네요.

아들 그 영화 재미없어요. 주인공은 죽고, 범인은 잡히지도 않고.

동규 아니, 아드님이 주인공이죠. 왜 그런 영화 많이 있잖아요. 아버지의 복수… 그런 거.

아들 … 그런 취향은 아니라.

동규 하긴 그런 영화는 이제 한물갔죠.

아들 …

동규, 컵라면을 먹으며 서류를 꺼내 본다.

동규   (서류를 보며) 그나저나 성함이?

아들   이진수요.

동규   (서류를 보다가) 막내아드님 성함은 이진우인데.

아들   아뇨. 그분은 셋째형. 저는 막내.

동규   (당황하며) 서류엔 삼형제라고 돼 있는데요.

아들   네?

동규   … 누, 누구세요?

아들도 당황한다. 두 사람, 서로 당황한 채로 가만있다.

아들   서류 좀…

동규, 우물쭈물하고 있고, 아들은 동규 앞에 있는 서류를
유심히 살핀다. 동규는 막연한 두려움에 슬그머니
일어나는데, 아들은 신경 쓰지 않고 서류를 앞에 두고
생각에 잠겨 있다.
그때 부인이 들어온다. 동규는 부인이 너무 반갑다.

동규   왜 이제 오세요.

부인   무슨 일이에요?

아들, 부인의 목소리에 뒤돌아본다. 부인과 아들, 서로를
보는데 잠시 침묵이 흐른다.

부인   (이내 정신 차리고 집 안으로 들어오며, 아무렇지 않은 척) 밥
        있는데. 왜 라면 먹었니?

부인, 놀라지 않은 척 마음을 진정시키기 위해 물을 마신다.

그러나 아들에게 할 말을 찾지 못한 채, 괜히 동규에게

부인   거기서 뭐해요? 나가려는 거예요, 들어오려는
         거예요?
동규   아… (자신의 임무를 떠올리고는) 아, 나가는 건
         아니에요. 아직.

동규, 우두커니 선 채로 어떻게 해야 하나 고민에 빠진다.

아들   성당 갔다 오셨어요?
부인   그래.
아들   아직도 그 일 하세요?
부인   … (말을 돌린다.) 그 친구 만났니?
아들   네?
부인   네 애를 가졌다던데.
동규   그 여자 미친 사람이에요. 신원 확인도 안 된
         사람을 집에 들이면 어떡해요. 요즘 세상이 얼마나
         무서운데.
부인   그런 사람 같진 않던데…
동규   그런데 두 분이 모자지간은 맞는 거죠?
아들   제가 호적에 없더라고요…. 의심받는 거 같은데요,
         지금.
부인   그게 무슨 소리니?

부인, 동규의 서류를 본다. 자신도 모르는 일이다.

부인   (날 서서) 그 사람들이 그런 건 아니겠지?

아들	…
부인	(분노하며) 네 형 턱을 부서뜨린 사람들 말이야.
아들	(분노하는 부인을 거리를 두고 바라본다.) 요즘도 그런 사람들이 있어요?
부인	그게 무슨 말이니?
아들	아니, 시간이 많이 지났으니까… (이내 말하길 포기하고) 괜찮아요. 전 형처럼 아버지 얘길 하고 다니는 사람이 아니잖아요.
부인	…
아들	어머니가 그런 건 아니죠?
부인	?
아들	제가… 도망만 다니니까….
부인	(무언가 말해주고 싶지만, 거짓말하고 싶진 않다. 이내 침묵한다.)
아들	(그런 부인의 표정을 읽는다.)

잠시, 침묵.

그때 은정의 목소리가 들린다.

| 은정 | (소리로만) 뭐야, 아직도 안 갔어요? 이렇게 열심히 일하면 특근 수당도 줘요? |

은정, 집 안으로 들어온다.

| 은정 | 어머님, 하나마트보다 총각네 야채가게가 더 싼 거 알았어요? |

아들, 어디서 본 듯한 은정을 바라보다가 마침내
기억해낸다.

아들   아!
은정   (그제야 아들을 발견하고는) 어머. 일찍도 오셨네.

3장

시간이 좀 지난 임대아파트. 여름이다. 오래된 선풍기 하나가
덜덜거리며 돌아간다.
은정, 집 한가운데 앉아 과자 먹고 있다.
영감과 아들은 벽 쪽에 앉아 갓 설치한 에어컨 밑에서 사용
설명서를 유심히 보고 있다.

영감　　곧 아이도 나오는데, 언제까지 선풍기 한 대로만
　　　　버틸 순 없잖나.
아들　　그렇긴 한데… 어머니한테 허락도 안 받고 참….
영감　　그동안 얼마나 설득했는지 몰라. 괜찮다고만
　　　　하셔서…. 이번엔 손자도 태어나니까 더 이상 거절은
　　　　못 하시겠지. 지구 온난환지 뭔지 때문에 앞으로
　　　　여름이 점점 더워질 거야. 이거 꼭 필요하다니까.

아들, 별 대답을 안 하고 설명서만 가만히 보고 있다.
영감, 그런 아들의 안색을 살핀다.

영감　　10년… 됐나? 집 떠났다 돌아온 게?
아들　　13년요.
영감　　그동안 어디 있었던 거야?
아들　　그냥, 여기저기요. 베트남, 캄보디아, 인도네시아, 뭐
　　　　여기저기…
영감　　(안쓰럽다.) 그 좋은 머리로, 그 좋은 대학 나와서…
　　　　에그… 썩을 놈들 때문에 제대로 취직도 못 하고….

그놈들이 한국에서 못 살게 쫓아낸 거나 다름없지.

아들 …

영감 저기… 그 호적은 말이야… 내가 그런 거야. 뭔 연금 신청하는데 부양가족이 있으면 안 된다고 그래서… 자네 집 떠나곤 연락 한 번 없어서…. 사모님은 몰랐어. 내가 서류 정리해서… 내가… 그…

아들 (담담하게) 네, 잘하셨어요.

영감 (뭐라 더 할 말이 없어서, 말 돌리며) 그래. 사모님이랑은 그간 회포 좀 풀었어?

아들 그냥… 뭐…

잠시 침묵.
그때 은정, 더운 듯 선풍기 바람을 최강도로 올린다.
아들, 그런 은정을 슬쩍 보고는

아들 틀어볼까요?

영감 그럴까?

은정 (불쑥) 첫 개시는 어머님이 해야죠.

영감과 아들, 은정의 말에 잠시 당황했다가 이내

영감 며느리가 잘 들어왔네.

은정 (아들에게) 아저씨 더워요?

아들 (은정을 쳐다보지 못한 채) … 아니 별로.

은정, 선풍기를 영감과 아들 쪽으로 돌린다.
아들은 은정 쪽을 바라보지 않은 채 설명서만 보고 있다.

은정   진실은 언제 밝혀지는 거예요?

영감   응?

은정, 유골 상자를 가리키며

은정   저거요. 의사가 보고, 어떻게 죽었는지 판단 내리면,
      도대체 누가 왜 그랬는지 밝히고, 좀 착착, 왜
      진행이 안 돼요?

영감   하겠다는 의사가 안 나타나서….

은정   옛날에 아버님한테 신세 진 사람들 많았다면서요.

영감   그러니까 말이야. 짐승도 그렇게는 안 할 텐데.
      요새는 시대도 좋아졌는데 뭘 그렇게들 눈치를
      보고 있는지….

은정   이번에 그 사람 딸이 대통령 선거에 나간다면서요.
      요새 여기저기 사과하고 다닌다던데…. 광주에도
      가고, 제주에도 가고.

영감   뻔뻔도 하지. 사과하면 죽은 사람이 돌아와?

은정   여기도 오면 어떡할 거예요?

영감   (언짢다.) 이제 와서? 그동안 사과하고 바로잡을
      시간이 37년이나 있었어. 근데 이제 와서?

아들   (은정에게) 오늘은 장 보러 안 나가요?

은정   있다가 저녁에 갈 건데요. (잠시 후) 왜 갑자기 말
      돌려요?

아들   … 보통 그런 거 안 물어보지 않아요? 눈치챘으면
      그냥 눈치챈 대로 있으면 되잖아요.

은정   저 원래 궁금한 거 되게 못 참는데, 이것도 엄청
      많이 참은 거거든요. 지금 어머님 안 계시니까,
      아저씨가 어머님 있을 때 이런 얘기 하는 거

싫어하는 거 같아서 참은 건데, 이 할아버지 있을 때도 이런 얘기 못 하게 하면, 도대체 저 얘기를 언제 해요?

아들　왜 그 얘길 해야 해요? 제가, 당신과?

은정　…

아들　나도 당신한테 물어볼 게 아주 많아요. 그래도 난 가만히 있잖아요? 당신 사정을 존중하고 있는 거라고요.

영감　아니, 왜 싸워. 나 때문에 싸우는 거야?

은정　(한숨을 내쉬며) 와, 씨발 –

그때 동규가 들어온다. 이제 익숙하고 자연스럽다.

동규　아, 더워. 안 더우세요? 다들 이 좁은 집에 모여서는…

동규, 에어컨으로 다가가, 에어컨을 켠다.

동규　아… 시원하다…

동규, 여유롭게 에어컨 바람을 쐬다가 사람들의 험상궂은 표정을 보고는 눈치를 본다.

동규　오늘 분위기가 좀 이상하네요. 얼른 할 일만 하고 가야겠다. (아들 앞에서 서류를 꺼내며) 호적 복구 하실 거죠? 주거 신고도 하고…. 근데 요즘 일은 하세요?

영감　남의 집 사정을 왜 자꾸 물어?

동규　저도 싫어요. 3년간 백수로 지내본 입장에서 또

다른 백수에게 취직 안 하냐고 묻는 일을 해야 하는
제 입장도 좀 그렇거든요. 근데 자꾸 신고가
들어오는 걸 어떡해요.

영감   그러니까 그게 누구야?

동규   저도 모르죠. 상사가 가라니까 오는 거지.

영감   옛날에 선생님 감시하던 놈들도 꼭 그렇게 말했지.
난 모른다, 위에서 시키니까 하는 거다.

은정   (혼잣말하듯 들리게) 머저리도 아니고. 지금 자기가
무슨 짓을 하는지 모른다는 게 말이 돼?

동규   아니 그건… (할 말이 없다.) 질문하는 걸 싫어해요. 제
상사가요. 그냥 시키는 대로 하는 걸 가장
좋아해요. 전 그런 상사한테 잘 보여야 하고요.
머저리 같다는 거 아는데… 제가 계약직이라서…
일한다는 건 중요하잖아요. 돈은 소중하고요. 사는
게 다 돈이니까….

아들, 별 반응이 없다.

동규   … 왜 말씀이 없으세요?

아들, 대답 안 하고 에어컨을 끈다.

동규   … 저 진짜 나쁜 사람 아니에요.

모두 동규를 보지 않고 침묵한다.
동규, 침묵을 견디지 못하고,

동규   제가 일자리 소개해 드릴까요? 아는 형님네

가게인데 일할 사람이 필요하다고 계속
말씀하셨거든요. 어차피 서로 자주 만나는 거
불편하고… 제가 여기 오는 건, 이 집이 우리
관할이니까, 아드님이 할머님의 부양자가 돼서
연금도 거절하고, 임대아파트에서 이사도 가고,
그러면 서로 안 봐도 되잖아요. 자립이요, 자립!

영감　　… 무슨 일인데?

동규　　그분이 이 근처에서 돼지고기 도매업을 크게
　　　　하시거든요. 돼지 발골사라고. 도축된 돼지를
　　　　부위별로 잘라갖구,

영감　　이 새끼가 이 집을 얼마나 우습게 봤길래,

동규　　그거 돈 많이 주는데.

영감　　그럼 니가 해!

동규　　그게 냉동고에서 하거든요. 제가 추위를 진짜 못
　　　　견뎌서. 근데 돈은 진짜 많이 줘요. 경력 늘수록
　　　　쭉쭉 오르고. 그거 몇 년 하면 이 집에서 나갈 수
　　　　있어요. 아이도 곧 태어날 거잖아요.

그때 부인, 들어온다.
은정, 부인의 가방을 들어주는데 무거워서 놀란다. 부인은
부엌으로 가 서둘러 물부터 마신다.
아들, 부인이 더운 것을 확인하고 조용히 에어컨을 켠다.
하지만 부인은 에어컨을 눈치채지 못한다.

은정　　왜 이렇게 무거워요? 여기 뭐가 들었길래….

은정, 가방을 열어보자 여러 개의 망치와 사진들이 보인다.

영감	(사진을 보고는) 그 산에 갔다 오신 거예요? 여기는
	선생님 돌아가신 그 자리네요!?
부인	(물을 마시며) 네, 세월 좋아졌더라고요. 오늘
	찍었는데, 오늘 바로 현상되더라고요. (물을 마저
	마시고는, 은정에게) 상자에서 머리뼈 좀 꺼내 놔라.
아들	(일어나며) 뭐하시게요?
부인	목마른 사람이 우물을 파는 거지. (망치를 가리키며,
	영감에게) 철물점 사장 말로는 이 망치 모양이 제일
	비슷하대요. 나도 그런 것 같고요. 봐요, 이 모양
	크기가.

은정, 유골함에서 머리뼈를 꺼내 부인에게 갖다 주는데,
아들이 그런 은정을 막는다.

아들	(영감과 동규에게) 오늘은 그만 가주세요.
부인	지금 뭐하는 거니?
아들	(감정을 억누르며) 어머니야말로 뭐하시는 거예요!?
	이렇게 작살난 아버지 머리를 남들한테
	보여야겠어요?
영감	아니 그건 그렇게 생각하면 안 되지. 선생님이
	어떻게 돌아가셨는지, 어째서 이렇게 됐는지,
	사람들이 다 봐야지. 그래야 선생님의 죽음이
	헛되지 않지. 옛날에 추기경님도 선생님 장례미사
	때 이렇게 말씀하셨어. 선생님의 죽음은 별이
	떨어진 것이 아니라 더 새로운 빛이 되어 앞길을
	밝혀주기 위해 잠시 숨은 것뿐이라고.
아들	그렇게 말씀하지 마세요. 뭐가 더 나아질 것처럼,
	뭐가 다 해결될 것처럼, 꼭 죽은 사람이 부활이라도

할 것처럼…. 그러지 마세요. 그런 말로 이제 우리
좀 그만 괴롭히세요.

영감, 뭐라고 말하고 싶지만 할 말을 찾을 수 없다.
그래도 말을 찾으려는데, 전화벨이 울린다. '할아버지 전화
왔어요.' 벨소리.

아들	가보세요. 손녀가 기다리잖아요.
영감	난 네가 왜 이러는지 정말 모르겠구나.
아들	37년이나 있었어요. 잘못을 바로잡을 시간이요.
	그런데 아직도 안 되는 거 보면 안 되는 거예요.
	아저씨도, 이제 꿈꿀 나이는 지나셨잖아요.

영감, 어쩔 수 없이 나가려고 신발을 신는다. 그러다 참지
못하고,

영감	선생님, 선생님께서는 일제시대에도 목숨 걸고
	만주로 넘어가서 일본군이랑 싸웠어. 북한군이 왔을
	때도, 독재 정권 시절에 그 서슬 퍼런 협박에도, 단
	한순간도 좌절하는 법이 없었다. 희망이란 게 그런
	거다. 그게 아무리 배신하고 삶을 고달프게 해도
	포기하면 안 되는 거야. 그래서 선생님이 무덤에서
	나온 거야. 죽어서도 포기할 수 없어서. 응?
	선생님이 목숨 걸고 만들려고 했던 나라를
	생각해봐. 응? 이제야 그 기회가 온 거야.
아들	… 지팡이 챙겨 가세요.

영감, 아들의 말에 자신의 지팡이를 본다.

그제야 자신의 처지를 납득한 듯, 고개 숙이고는, 지팡이에
의지한 채 힘겹게 걸어 나간다.
부인, 아들에게 별말 없이 영감을 배웅하기 위해 따라
나간다.

은정   진짜 그렇게 생각해요? 이제 다 끝난 일이라고?

아들, 반응하지 않고 에어컨을 끈다.

은정   영 딴사람 같네요. 우리 처음 만났을 땐 그렇게 말
          안 했잖아요.
아들   … 그땐 취했었잖아요.
은정   시시하네.

은정, 방으로 들어간다. 한쪽에서 숨죽이고 있던 동규가
조용히 나가려고 하는데,

아들   (동규에게) 그 일이요. 그거 얼마 줘요?

(이후 동규와 아들의 대화 및 몸짓은 관객에겐 뉘앙스로 전달된다.)
동시에 버스 정류장에 있는 부인과 영감의 목소리가 들리기
시작한다.

부인과 영감, 버스 정류장을 향해 뛰어간다. 힘껏 뛰지만,
느리다. 결국 버스를 놓쳤다.
그럼 그렇지, 하는 표정으로 천천히 버스 정류장의 벤치에
앉는 두 노인.
영감은 조용히 생각에 빠져 있다.

부인	제 아들이 무례했죠. 미안해요.
영감	(그 말에 정신을 차리며) 아, 아뇨. 뭐… (잠시 침묵) 무서울 때가 있어요. 이상하죠? 그 옛날에 청계천에서 동냥하며 살 때도 이런 건 느껴본 적 없는데… 그냥… 그 시간들이 다 뭐였나 싶은 생각이 들어서…
부인	그런 말씀 하지 마세요.
영감	그렇죠. 이런 생각 하면 안 되죠. 우리 선생님 생각하면….

두 사람, 잠시 버스를 기다린다. 도로를 지나가는 차들 소리를 듣다가,

영감	세상이 참 조용하네요.
부인	…
영감	너무 늦은 걸까요?
부인	…

버스가 도착하는 소리가 들린다.

영감	갈게요.
부인	또 와요.
영감	네, 사모님도 건강히….

영감이 떠나고 난 뒤에도 부인은 버스 정류장 벤치에 앉아 있다.

(위의 대화가 진행되는 동안) 임대아파트에서는 어느새 아들이 집 안 정리를 하고 있다. 머리뼈를 정성스럽게 유골함에 모시고,

유골함을 깨끗하게 정리한다. 그러고는 담배와 술을 꺼낸다. 술을 한 잔 채워서 유골함 앞에 두고, 담배 한 개비에 불을 붙여서는 유골함 위에 올려놓는다. 그러고는 맞담배를 피우듯 자신도 담배를 피우면서 가만히 유골함을 바라본다. 그렇게 한 개비를 다 피우는데, 여전히 부인이 오지 않자 시계를 보고는 집을 나선다.

거리로 나온 아들, 버스 정류장에 혼자 앉아 있는 부인을 본다. 다가가지는 못하고 우두커니 서 있다. 잠시 후 부인이 그런 아들을 알아차리고는 일어나 걸어간다. 아들은 부인과 약간의 거리를 두고는 뒤따라 걷는다.

아들   요즘도 집에 도청 장치가 있어요?
부인   … 글쎄. 모르지. 그건 왜 묻니?
아들   오랜만에 봤는데, 너무 말씀이 없으셔서요.
부인   미안하구나…. 무슨 말을 해야 할지… 넌 아버지
         얘길 하기 싫어하잖니.
아들   다들 어머니한테 아버지 얘기밖에 안 하니까…. 안
         힘들어요?
부인   그게 왜?
아들   어머니의 삶은요?
부인   기억해주잖아. 날 보면 사람들이 네 아버지 얘길
         하잖아. 그게 내 삶이야.
아들   … 언제까지 그렇게 사실 거예요?

부인, 그 말에 놀라 멈춰 서서 아들을 본다.
아들, 부인의 시선을 피하지 않고 부인을 마주 본다.

4장

라디오에서 대통령 선거 관련 뉴스가 나온다.
"독재 정권 시절의 퍼스트레이디, 현재는 대선 후보.
아버지가 이룩한 나라가 이렇게 망가지는 걸 볼 수 없어서
대선 출마. 아버지의 꿈을 이루겠다."

지금 이곳은 냉동고. 아들이 돼지를 발골하고 있다.
냉동고임에도 불구하고 반팔을 입은 채, 마치 무술을 하듯,
온몸을 움직이며 칼을 휘두른다.
아들, 라디오에서 나오는 라디오 뉴스를 들으며 돼지 부위를
외치고 있다.

아들   안심, 등심, 항정살, 갈매기살!

그러다 힘든 듯 헉헉거리며 숨을 고르는데, 라디오 소리 더
커지자, 다시

아들   (라디오 소리를 지우려는 듯) 안심, 등심, 항정살,
          갈매기살!

무대 한쪽은 임대아파트, 부인이 가만히 서서 전화를
기다리듯 전화기를 보고 있다.
은정이 들어와서 그 광경을 본다. 장 본 것을 정리하며,

은정   오늘도 연락 없었어요?

부인	그러게.
은정	왜 다들 아버님 유골을 검시하는 걸 꺼려하는 거예요?
부인	복잡한 일에 휘말리고 싶지 않다고 하더구나.
은정	(너무 잘 알지만) 아… 귀찮아서.
부인	…

그때 전화벨이 울린다.

부인	(수화기를 든다.) 어? (실망을 감추며) 진우구나. 어, 여기야 뭐…. 하겠다는 의사가 안 나타나네…. 그러게… 응… 응… 넌 괜찮은 거니? 아무리 미국이라고 해도…. 혹시 모르니까 항상 조심하고…. 그래, 전화 올지 모르니까. 끊자. 그래.

부인, 수화기를 내려놓고는 다시 전화를 기다리고 있다.

은정	앉아서 기다리시지.
부인	응….

부인, 그러면서도 서 있다.
은정, 그런 부인이 익숙한 듯 신경 쓰지 않고 음식을 만든다.
부인, 냄새를 맡고는

부인	김밥 만드니?
은정	네.
부인	옛날 생각나네. 그날도 김밥을 만들었거든. 갑자기 선생님이 동료들이랑 산에 간다고 하셔서 말이야,

아침부터 정신없이… (점점 생각에 빠져든다.) 그래,
그날. 산에 보내고 남은 김밥을 먹고 있었는데.
전화가 왔어. '선생님이 다쳤어요.' 이래. 그래서 난
'그게 무슨 소리예요?' (헛웃음) 그런 바보 같은 말이
어딨다니. 다쳤다는데, '그게 무슨 소리예요?'
그리곤 전화가 끊겨서 산에 갔더니 경찰들이 이미
쫙 깔려서 못 들어가게 하고…. 나중에 조사를
받는데, 우리보고 어떻게 알고 현장에 왔냐는 거야.
전화를 받고 왔어요, 했더니 아무도 우리 집에
전화한 사람이 없대…. 이상하지? 지금도 그때만
생각하면 아까워서…. 그때 물어봤어야 했는데….
당신 누구냐, 우리 선생님이 왜, 어떻게 다쳤냐…. 그
사람이라면 말해줬을지도 모르는데….

은정   골든타임을 놓쳤다는 거네요.

은정, 부인의 입에 김밥을 넣는다.
부인, 엉겁결에 받아먹는다.

은정   비행기 사고가 났을 때 90초 안에 승객들을
대피시켜야 하는 것처럼요. 어떤 사건이 생겼을 때
생과 사를 가르는 초반의 금쪽같은 시간이 있대요.

부인   (오물거리며) 골든타임.

은정   … 누구였을까요? 전화한 사람이요.

부인, 김밥을 먹으면서 곰곰이 생각에 빠진다.
은정, 그런 부인을 보다가

은정   … 시간이 아무리 지나도 안 잊히나요? 그런 일은.

부인, 은정의 진지한 얼굴을 보고 있다가 유골함 눈치를
보며 귓속말하듯 작게

부인   가끔 까먹을 때도 있어.
은정   (웃는다.)
부인   (웃으며) 비밀이야.

부인, 유골함에서 머리뼈를 꺼내 놓는다.

부인   (유골을 보며) 골든타임….

은정, 에어컨을 켠다.

은정   요샌 할아버지도 뜸하네요.
부인   … 덥지도 않은데 그건 왜 켜니?
은정   냄새나서요.
부인   …
은정   요새 아저씨 몸에서 고기 냄새가 나요. 생고기. 그게
           유골 냄새랑 섞여서 뭔가 묘하게… 아, 잠시만요.
           (김밥 몇 개를 입으로 쑤셔 넣고는) 입덧할 뻔했어요.
부인   아기 이름은 정했니?
은정   (신기해서) 처음인데요? 어머니가 아기에 대해 물어본
           거.
부인   그랬나?
은정   네. 그런데 아기 이름 아직 안 정했어요. 아직
           아저씨하고 얘기도 안 해봤고요. 참 신기해요.
           어머니도 아저씨도. 해야 할 말은 안 하고,
           하나마나한 말은 잘하고….

부인	그랬나….
은정	그렇다니까요.
부인	예전에 선생님이 그렇게 돌아가시고…. 첫째가 어떻게 된 건지 알아야겠다고 여기저기 물어보고 다녔거든. 그리고 바로 이튿날 누가 턱을 부서뜨렸어. 아예 말을 못 하게. 그 후론 애들 다칠까 봐 말을 조심했지. (웃으면서) 집 안에서도 중요한 말 있으면 귓속말로 했다니까…. 밖에선 말을 잘할지도 모르지. 오늘은 걔 퇴근하기 전에 들러서 같이 저녁이라도 먹고 오지 그러니.
은정	네?
부인	저녁으로 김밥 한 거지? 걔 김밥 안 먹거든.
은정	왜요?
부인	선생님 돌아가셨을 때 마지막으로 먹은 음식이라서…. 우리 가족이 다 안 먹게 되더구나.
은정	어머님은 김밥 드셨잖아요.
부인	니가 불쑥 입에 넣었잖니. (김밥을 더 먹으며) 37년 만에 먹었다.
은정	(잠시 생각하다가) 아저씨가 배 속에 있을 때 아버님이 죽은 거죠?
부인	그렇지.

은정, 그렇구나, 하면서 다시 주방으로 간다.

은정	안 무서웠어요? 남편도 없고, 시대는 무섭고, 그 상황에서 아이를 기르는 거요.
부인	좋아질 줄 알았지. (유골을 보며) 이렇게 길어질 줄은 몰랐지.

그때 전화벨이 울린다. 부인, 허겁지겁 달려가 전화를
받는다.

부인   여보세요? 아, 김 선생님. 네, 의사들한테 연락이
          왔나요?

은정은 그런 부인의 뒷모습을 바라보다가 김밥을 싸서 집을
나선다.
은정이 집 밖으로 나가면 통화하는 부인의 목소리는 들리지
않지만 여전히 통화하는 모습은 보인다. 절박한 부인의
모습을 배경으로 아파트 밖의 은정은 마치 유령 같다.
자신이 가야 할 곳을 잊은 듯 잠시 멍하니 서 있다. 그때
무대 한쪽의 벤치로 아들이 "항정살!"을 외치며 등장한다. 그
소리에 은정, 아들이 있는 곳으로 휙 – 날아가듯 다가간다.

아들   (힘차게) 항정살, 안심, 등심! (뒤돌아서서 은정에게)
          됐죠?

은정, 그제야 벤치에 앉는다.

아들   보여달라고 해놓고선 왜 안 봐요?
은정   봤어요.
아들   안 본 거 같은데.
은정   (아들을 흉내 내며) 항정살, 안심, 등심! 봤죠?
아들   봤구나….

아들, 벤치에 앉는다.

은정	가만 보면 이상한 데서 의심이 많다니까요. 아저씨 같은 경우에는 좀 더 중요하게 의심해야 할 것들이 있잖아요?
아들	자동문은 센서가 사람이 오면 감지하고 자동으로 열리잖아요. 근데 난 종종 안 열리더라구요. 그래서 센서에다 이렇게 손으로, (마치 살려달라는 몸짓으로) 손을 이렇게 막 해서⋯ 근데 어떨 땐 그래도 안 열릴 때가 있어서⋯ 그럴 때면 '어라? 혹시 내가 이 세상에 존재하지 않는 걸까?' 하는⋯ 그런 공포가 좀 있어요.
은정	아! 나도 나도. 그런 적 있는데⋯.

아들, 은정의 이야기를 마저 듣고 싶은 듯 기다리는데
은정은 더 이상 말하지 않는다. 은정, 갑자기 생각난 듯 싸온
김밥을 꺼낸다.

은정	오늘 저녁.
아들	아.

아들, 김밥을 먹는다.

은정	먹네!?
아들	?
은정	그럴 줄 알았어. 어머님은 아저씨 김밥 안 먹는다고 했거든요.
아들	아⋯ (계속 먹는다.) 아무래도 우리 집안엔 김밥에 얽힌 슬픈 사연이 있잖아요. 뉴스에도 나왔는데. 김밥을 싸 들고 산에 오른 이 선생은⋯ 근데 한국인으로

살면서 김밥을 평생 안 먹으면서 살긴 좀 어렵죠.
전 베트남 한인 타운에서 처음 먹었어요.

은정 어머니도 맛있게 드시던데.

아들 어머니도 먹었어요?

은정 37년 만에 처음 먹었대요.

아들 아무래도… 시선이 많았으니까…. 김밥을 맛있게
먹으면 수군거릴 것 같고… 뭔가… 사람들이
우리한테 원하는 모습이 있지 않나 싶어서.

은정 (뭔가 생각난 듯) 아!

아들, 이번에도 은정의 말을 기다리는데 은정은 아무 일도
없었던 것처럼 다시 김밥을 먹는다.

아들 그때그때 생각나는 말은 입 밖으로 내는 게 좋아요.

은정 안 좋아요. 사람들이 싫어해요.

아들 계속 참으면 나처럼 돼요.

은정 아… 그건 좀 싫은데.

아들 (김밥을 먹는다.)

은정 제가 좀 예쁘잖아요. 섹시하고. 눈빛도 강렬하고.
그래서 그런지 처음 성폭행을 당했을 때, 경찰이
나한테 피해자처럼 안 보인다고 거짓말하지 말라며
집에 돌려보냈어요.

아들 … 어… 음… (말을 더듬으며, 무슨 말을 해야 할지 몰라 한다.)
어, 그러니까. 그 일은 그쪽의 잘못이 전혀 아니고,

은정 (말을 자르며) 저도 제 논리가 이상하다는 건 알아요.

아들 알아요?

은정 잘못이 어디에 있는지 정도는 나도 알아요. 알아도,
알아도, 그대로니까. 그래도 내가 워낙 예뻐서,

이렇게 생각하면 조금은 버틸 만하니까.

아들   (잠시 생각하다가) 진짜요?

은정   … 좀 부족하긴 해요.

아들, 잠시 고민하다가,

아들   타이밍이 좀 적절치 않은 거 같긴 한데… 제가
             정관수술을 했거든요. 스무 살 되던 해에. 이런 개
             같은 세상에 내 2세가 태어나게 할 순 없다, 그래서.

은정   어머, 나는 초등학생 때부터 그렇게 생각했는데.
             세상이 너무 좆같다고요.

아들   똑똑한 어린이였네…. 아니, 이게 아니라, 그래서
             그… 내 아이일 수가 없는데….

은정   (그제야 눈치채고는) 아….

아들   지금 당신의 삶이 힘들어서 새로운 거짓말로 날
             채택한 거라면, 그건 상당히 잘못된 선택이다…
             이렇게 말씀드리고 싶네요. 보셔서 아시겠지만 일단
             임대아파트에 사는 노모에 얹혀사는 늙은 남자이고,
             또 우리 집안이 역사의 굴곡을 제대로 맞은
             집안이라, 또 지금 대통령 후보로 나선 사람과는
             장난 아닌 악연이라, 앞으로도 상당히 힘들 것
             같고….

은정   그래도 멋있잖아요.

아들   네?

은정   아버님도 멋있었지만, 전 지금의 어머님도
             멋있어요. 태어날 아이한테 자랑스럽게, 네
             할아버지랑 할머니야, 라고 말할 수 있을 만큼
             멋있어요.

아들   (감동받아서) 아… 고마워요. (잠시 후) 만약에, 내가
　　　　아버지가 아니라면, 짐작 가는 사람이 있어요?

은정   … 친아버지라고 우기는 양아버지요. 우리 집 역사는
　　　　추해요. 역사라고 할 것도 없지만. 만약에 아저씨가
　　　　아니라면, 전 태어날 아이한테 네 아버지는 엄마의
　　　　아버지야. 그리고 네 외할머니는 딸의 말을 믿지
　　　　않고 딸을 경찰에 신고한 사람이란다. 이렇게
　　　　말해야 해요.

아들, 침묵.

은정   과거를 과거로만 둘 수가 없는 거예요. 아이가
　　　　태어나면. 계속 이 아이의 뿌리를 생각하게 되고…
　　　　그러다 보면 죽고 싶고… 아니 죽여버리고 싶고….

한동안의 침묵. 아들, 생각에 잠겨 있다.

아들   (불쑥) 98%였나….

은정   네?

아들   정관수술 할 때 의사 선생님이 그랬거든요. 100%는
　　　　아니래요. 2% 정도 임신할 가능성이 있다고…. 또…
　　　　수술한 지 벌써 17년 됐고… 그러니까….

은정   나 그런 거 좋아해요. 만약에. 어쩌면. 그런 거.

아들   단지 하나 걸리는 건… 우리 첫 만남이….

은정   인천 시외버스 터미널 화장실에서의 원 나잇.

아들   그게 좀…

은정   왜요? 인디 영화 같고 나쁘진 않았어요.

아들   애한테 설명하기가….

은정   아… 가끔 그런 상상하는데… 난 왜 지금 이렇게
        혼자일까? 그럴 땐 이런 상상을 하는 거예요. 사실
        난 아주 어렸을 때 프랑스에 입양됐어요.
        고등학교까지 프랑스에서 다니고, 뿌리를 찾고자
        귀국했는데, 결국 가족은 못 만나고… 그래서 내가
        지금 혼자인 거예요. 아저씨는… 그래! 다시
        프랑스로 돌아가려고 했는데, 공항에서 귀국하는
        아저씨를 만났고, 이런 건 어때요?
아들   그게 뭐예요?
은정   아이가 태어나기 전의 역사요. 부끄럽지 않고,
        아름다운. 그래서 자신의 미래는 분명 행복할
        거라는 확신이 드는. 그런 거요. (갑자기 놀라서) 배
        찼어요.

은정, 아들의 손을 자신의 배에 올린다. 아들, 배 속의
움직임을 느끼다가,

아들   평균 수명까지만 산다 해도 2100년까진 살겠죠? 이
        아이.
은정   2100년…. 그땐 또 세상이 얼마나 변해 있을까요?
아들   변한 듯 안 변해 있지 않을까요?
은정   안 변한 듯 변해 있으면 좋을 것 같은데.

아들, 은정   (동시에 중얼거린다.) 2100년….

태아가 든 불룩한 배를 바라보는 부부의 모습과 동시에
임대아파트에서 부인이 남편의 유골을 가만히 바라보고
있는 모습이 보여지다가, 암전.

5장

무대에 불이 켜지면 임대아파트만 보인다.
평소와 다른 모습의 동규가 들어온다. 머리는 염색했고,
아주 편한 복장이다. 한 손에 비닐봉투가 들려 있다.

동규 여전히 문을 열고 사시네. (둘러보고는) 또 아무도
   없네.

동규, 사 들고 온 컵라면 하나를 몰래 찬장에 넣어놓는다.
그러고는 익숙하게 자리에 앉아서 누군가가 오기를
기다린다. 그러다 문득 생각난 듯 신발장을 찬찬히 살펴보고
있다. 그때 검은색 상복을 입은 부인이 들어온다.

부인 뭐해요?

동규, 부인을 보지 않고, 여전히 시선을 신발장에 둔 채
말한다.

동규 신발이 몇 개 있나 보고 있었어요. 여기 동네
   사람들이, 이 집 아드님하고 며느리를 본 적이
   없대서. 혹시 내가 귀신에 홀렸었나 싶기도 하고…
   근데 정말 신발이 할머니 신발밖에 없네요….

동규, 그제야 고개를 들어 부인의 복장을 보고 놀란다.

부인	사람 보고 왜 그렇게 놀라요?
동규	옷이 왜 그래요?
부인	장례식 갔다 왔어요. 마침 잘됐네, 찬장에서 소금 좀 갖다 줘요.

동규, 찬장을 뒤져서 소금 찾아온다.

동규	누가 돌아가셨어요?
부인	영감님이요.
동규	네?
부인	소금 나한테 뿌려요.
동규	돌아가셨어요? 정정하셨는데?
부인	우리들 이별 방식이야 늘 이래요. 연락 없어 전화해보면, 아, 갔구나. 그런 거지. (담담히 웃어 보이며) 그래도 영감님은 웃으면서 잘 갔어요. 자식들에 손자 손녀들 배웅 받으면서. 부러워서 참…. 나도 갈 땐 그렇게 가고 싶은데… (버럭) 아, 좀 팍팍 뿌려요!
동규	한 번도 해본 적이 없어서…. 삼겹살 구울 때 소금 치듯이 뿌려야 하는 건가요?
부인	아니, 그것보다 더 팍팍. 귀신이 놀라서 도망가게.
동규	아…!

동규, 소금을 다 뿌리고는 소금을 다시 찬장에 넣다가
갑자기 웃는다.
부인, 이상해서 동규를 보면,

| 동규 | 아니, 집에 해골 모셔 두고 사시는 분이 뭔 귀신이 |

무섭다고 소금을 그렇게….

부인   (자신도 웃기다.)

동규   차 드실래요?

부인   (현관으로 들어오면서) 우리 집에 차 없을 텐데?

동규   제가 사 왔어요.

동규, 자기 집인 양 익숙하게 주전자에 물을 담아 끓인다.
부인은 어느새 손님처럼 식탁 의자에 앉아 있다. 그제야
동규의 차림을 제대로 보고는

부인   머리가….

동규   염색했어요.

부인   윗사람한테 안 혼나요?

동규   관뒀어요. 아니, 잘렸어요. 아니… 음… 계약
                만료됐는데 재계약을 안 했어요, 제가요.

부인   왜요?

동규   좀 짜증나서.

부인, 뒷말을 기다리는데 동규, 잠시 생각하다가,

동규   혹시 인터넷 하세요?

부인   컴퓨터 같은 거 말하는 건가요?

동규   아, 안 하시면 됐어요.

부인   ?

동규   혹시나 나중에라도 기회가 생겨도 댓글 같은 건
                보지 마세요. 기사 같은 것도. 아니 그냥 하지
                마세요. 없는 세계라고 생각하세요.

부인   … 일 관둔 거면 이제 여기 안 와요?

동규   그렇죠.

부인   … 다 가네요. 또 나 혼자 남네.

동규   영감님은… 에어컨은 남기셨으니까…. 저야 뭐, 안
            오는 게 할머니한테 더 좋은 거죠.

부인   그런 게 어딨어요. 이것도 다 인연인데.

동규   (핀잔하듯) 인연인지 악연인지 어떻게 알아요.

부인, 그런 동규의 말이 섭섭하다는 듯 동규를 바라본다.
동규, 그런 부인의 마음을 알지만 애써 눈길을 피하며 괜히
식탁만 툭툭 쳐대다가,

동규   울 아버지, 뉴스에 나온 적 있어요. 제가 초등학생
            때. IMF 터졌거든요. 그때 갑자기 정리 해고돼서….
            철문 붙잡고 울더라고요. 자길 버리지 말라고요.
            회사한테! 그걸 보고 깨달은 게 있어요. 조금만
            성실해야지. 조금만 사랑해야지. 그게 뭐든지요. …
            (유골을 바라보며) 돌아가신 남편분도요. 이젠 좀 덜
            사랑해도 되잖아요. 조금만 성실하시구. 마음에
            드는 할아버지 있으면 연애도 좀 하시구.

그 말에 부인은 웃지만, 동규는 진지하다.

동규   저 그만 가볼게요.

동규, 나간다.
부인, 동규가 나간 곳을 바라보다가 집 안을 둘러본다.
자신이 혼자 남았다는 사실을 느낀다. 괜히 에어컨을 한번
켜본다.

부인   시원하긴 하네. ⋯ 영감님, 잘 갔어요? 우리
                선생님도 만났어요? 거기는⋯ (웃으며 마음을 추스른다.)
                주책이야. 아휴.

부인, 옷을 갈아입으려고 윗도리 벗는데, 갑자기 동규가
다시 들어온다. 현관문에 서서 바깥 상황을 알린다.

동규   할머니, 그 사람 와요. 이번에 대통령 후보로 나온
                아줌마요. 여기로 오려는 모양인데요.
부인   ⋯ 여길 왜?
동규   그건 모르죠⋯. 기자들도 온 거 같은데⋯. 아,
                사과하러 오나 봐요. 요새 여기저기 다니면서
                사과하러 다닌다고 하던데. 온다, 온다, 온다!

동규, 엉겁결에 부인의 표정을 본다.

동규   문⋯ 닫을까요?
부인   응?
동규   문 닫고 없는 척해도 돼요.
부인   ⋯ 문은⋯ 열어둬야 해요. 그래야 사람들이 올 수
                있으니까. 그래야 내 남편 이야길 할 수 있으니까.

사람들 웅성거리는 소리가 점점 크게 들리면, 암전.

잠시의 암전 후, 빈 무대.
아들이 조용히 나와 돼지를 발굴하기 시작한다.
잠시 뒤, 반대편 성당.
부인이 염을 하고 있다. 그러다 문득 자신의 손을 보고,

십자가를 보고, 죽은 사람을 보고는 생각에 빠져 있다.

신부가 들어와 그 모습을 본다. (신부가 등장하면 6장이 시작된다.)

신부	(반가워하며) 막달레나님. (악수를 청하며) 제가 오늘 막달레나님 기사를 읽고 하루를 아주 기분 좋게 시작했어요. 하느님 말씀 지키며 살기 참 어려운데, 우리 막달레나님, 정말, 큰일 하셨어요.
부인	기사요?
신부	네. (부인의 반응에) 아, 못 보셨어요?

신부, 주머니에서 스마트폰을 꺼내서 검색한다.

부인	(돋보기안경을 꺼내 쓴다.)
신부	(검색해서 보여준다.) 보세요. 여기 사진도 아주 잘 나왔어요.
부인	(잘 안 보인다.) 이거 뭐 이렇게 작아서….
신부	대통령 후보랑 악수한 사진이에요. 그분이 집에 직접 찾아갔다면서요? (기사를 읽는다.) "박 후보가 과거와 화해하기 위해 내민 손을 김 여사가 잡아주고 있다."
부인	… 화해요?

부인, 신부의 스마트폰을 채뜨려 들여다보지만 잘 보이지 않는다. 답답한 마음에 스마트폰을 멀리 했다 가까이 했다 하고는, 안경을 벗고 눈을 비빈다. 그렇게 계속 눈을 문지르다가 아예 눈을 감는다.

신부 　왜 그러세요? 좋은 일이잖아요.

부인 　(눈 감은 채, 감정을 누르며) 내 남편… 우리 선생님에 대해선 뭐라고 적혀 있나요?

신부 　(스마트폰을 본다.) "박 후보는 자신의 아버지와 이 선생님은 서로 반대 입장에 계셨고 방법은 달랐지만 두 분 다 개인보다는 국가와 민족을 먼저 생각하셨다고 믿고 있다고 말했다."라고 적혀 있네요.

부인, 신부의 말에 놀라서 신부를 바라본다.

부인 　내 남편이 어떻게 죽었는지는 안 적혀 있어요? 머리뼈에 이만한 구멍이 있어요. 타살 흔적이 분명히 있어요. 그걸 밝히겠다는 이야긴 안 적혀 있어요?

신부 　(읽다가) '지난 진상규명위원회에서 다 조사하지 않았나…. 이미 끝난 일로 알고 있다….'라고 적혀 있네요.

부인 　… 끝나요? 내가 살아 있는데요?

신부 　화해한 게 아닌가요?

부인 　…

신부 　막달레나님. 마태복음 18장, 21절에

부인 　(혼잣말하듯) 주여, 형제가 내게 죄를 범하면 몇 번이나 용서해주리까, 일곱 번까지 하오리까, 예수께서 이르시되 네게 이르노니 일곱 번뿐 아니라 일흔일곱 번까지라도 해야 하니, (발작하듯이) 내 남편이 죽었어요. 머리에 이만한 구멍이 있어요!

신부, 그런 부인을 다독이며

신부   괜찮아요. 괜찮아질 겁니다. 하느님한테 맡기세요.
               그분의 뜻에 따라 모든 일이 해결될 겁니다.

부인   언제요? 그날이 언제 와요?

신부   그건… 알 수 없죠. 한 가지 확실한 건 인간은 모두
               하느님 앞에서 죄인이라는 거예요. 잘잘못을 가리는
               건 인간의 몫이 아니에요.

부인, 신부를 밀친다.

부인   (십자가를 향해) 이러려고 날 살려뒀어요?

부인, 나간다.

한쪽의 임대아파트. 어느새 아들이 집 안에 앉아서 심각한
표정으로 신문을 보고 있다.
부인이 들어온다. 방에서 망치를 가져와 벽에 있는 십자가를
때려 부순다.
바닥에 떨어진 십자가가 완전히 부서질 때까지 망치질을
한다. 아들은 그런 부인을 가만히 바라보고 있다.
부인, 십자가 아래에 놓았던 남편의 유골을 보다가 그것마저
망치로 부수려고 하는데 아들이 말린다.

부인   저건 네 아버지가 아니야. 네 아버진 이렇게 약한
               사람이 아니었다. 네 아버진 일본군하고 싸워서도
               살아남은 사람이다. 6·25 때도 살아남았어. 근데
               산에서 떨어져 죽어? 그 사람들이 어디에 가둬둔

거다. 그러지 않고선… 네 아버진 강한 사람이다. 네
아버진 훌륭한 사람이다. 다시 돌아올 거야.
돌아와서 모든 걸 해결해줄 거다.

부인, 아들을 뿌리치고 망치로 유골을 치려고 하지만
아들에게 제압당한다.
부인, 아들에게서 빠져나가려고 발악하다가 이내 힘이 빠져
주저앉는다.

부인   난 이해가 안 된다. 넌 이게 이해가 되니?

부인, 아들의 얼굴을 보다가 울음을 터뜨린다.
아들, 부인을 자신의 딸인 양 안아준다.

부인   내 남편을 돌려줘. 말을 못 해도 좋고 앞을 못 봐도
        좋다. 팔이 잘리고 다리가 부러졌어도 난 괜찮아.
        그러니 살아 있는 내 남편을 돌려줘!

아들, 부인을 다독이다가 손에 난 상처를 본다.

아들   손에서 피가 나네요.

아들, 구급함을 가져와 치료하려 하지만 부인이 거절한다.

부인   (피 나는 자신의 손을 보다가) 그 여자 손을 잡았다. 손을
        내미니까 나도 모르게 잡았어. 내가… 내가… 니
        아버지 얼굴에 먹칠을 한 거면 어떡하지. 나 저승
        가서 선생님 얼굴 어떻게 보니?

아들   그게 뭐요? 먹칠 좀 하면 어때요. 아버지는 우리
             원망 못 해요. 그러면 안 되죠. 아버지는.

아들, 화내듯 부인의 손을 억지로 끌어와 붕대를 감기
시작한다.
부인, 넋이 나간 채 붕대 감는 아들의 힘에 이끌려 몸이
이리저리 흔들린다.

아들   인도네시아에 있을 때 배를 탔어요. 거긴 각자 배를
             타고 나가서 다 같이 고기를 잡아요. 어느 날은
             파도에 잘못 휩쓸려서 아주 엉뚱한 데에 혼자 있게
             된 거예요. 내 몸 하나 겨우 끼워놓을 수 있는
             요만한 배 하나에 의지해선 망망대해에 떠
             있었어요. … 그냥 흐르는 파도에 몸을 맡기고 바다
             위에 떠 있는데… 마음이 아주 홀가분했어요.
             그래서 돌아왔어요. 어머니한테도 알려주고
             싶었어요. … 우리 같이 여길 떠나요. 나쁘진 않을
             거예요. 아니, 좋을 거예요.

부인, 아들의 말을 듣다가 바닥에 뒹구는 유골을 본다.

부인   네 아버지는? 네 아버지의 뜻은? 네 아버지가
             평생에 걸쳐 이루려고 했던 것은?

아들, 마치 부인의 말을 듣지 못한 듯 계속 붕대를 감는다.

아들   거기 가서 나라도, 아버지도, 과거도, 다 없는
             것처럼, 그렇게 살아요.

7장

(무대에는 임대아파트만 보인다.)
저녁. 현관문이 닫혀 있는 임대아파트. 집 안에 유골도
십자가도 없다.
부인은 붕대를 감은 손으로 멍하니 TV를 바라보고 있다.
TV에서는 그녀가 대통령에 당선되었다는 실황 중계를 하고
있다.
사람들의 함성, 기쁨과 확신에 차, 새로운 희망을
이야기하는 앵커의 목소리.
부인, 그 장면을 가만히 바라만 보고 있다.
지친 모습의 은정이 등장한다.

은정　　아직도 그거 보고 계세요? 그만 보세요. 자꾸
　　　　본다고 달라지는 것도 아닌데.

은정, 리모컨을 찾아 끄려다, 볼륨만 줄이고는 부인 옆에
가서 앉는다.

은정　　저 사람들이 기억할까요? 어머니가 여기 있는 거요.
부인　　… 왜 안 자고 나왔니?
은정　　아이가 누굴 닮았는지 모르겠어요. 저도 아저씨도
　　　　안 닮은 거 같아요.
부인　　… 크면 알게 되겠지.
부인　　…
은정　　예전엔 그런 거 좋아했어요. 만약에, 어쩌면,

앞으로는… 그런 가능성이요. 가능성은 내 편이라고
생각했어요. 지금까진 인생한테 엿만 먹어왔으니까.
적어도 앞으로는 괜찮겠지. 그런 생각을 막연하게
했는데… (TV를 보며) 아무래도 아닌 것 같죠? … 그냥
각자의 삶이 있고, 저 사람은 저런 삶을 살아가고,
우린 우리의 이런 엿 같은 삶을 살아가고…. 더
나빠지면 어떡하죠? 그런 생각을 하면 가슴이 너무
답답해서…

부인 나도 가슴이 너무 답답해서… 아까 병원에 갔다
왔는데. (배를 가리키며) 여기에 종양이 생겼다고
하더구나.

은정은 놀랐지만 부인은 담담하다.

부인 (손가락으로 크기를 표시하며) 요만하다고.

은정 (웃음이 난다.) 병원 가셔야죠. 여기서 이러고 있으면
어떡해요.

부인 그게 참 재미있는 게, 암세포도 주인만큼 늙은
놈이래. 아주 천천히 클 거라더구나. 내가 죽는 게
먼저일지, 이놈이 내 생명을 가져갈 만큼 크는 게
먼저일진 의사도 모른대. 재미있지 않니?

은정 전 아저씨 퇴근 기다리는 게 재미있어요. 요새
아저씨가 집에 오면, 몸에서 피 냄새가 나거든요. 전
그 피가 사람 피라고 상상해요. 내가 못 죽였던
사람들, 내가 우는 걸 알면서도, 웃고 있던
사람들을 다 죽여버리고 돌아오는, 내 남편이 나를
위해 영웅이 돼서 돌아오는 그런 상상요.

부인 나도 상상 많이 했지. 광복하기를, 전쟁이 끝나길,

독재 정권이 무너지길, 상상은 다 현실이 됐지.

은정   모든 게 좋아졌다고 하기엔, 내상이 너무 커요.

은정, 안쓰러워 부인의 배를 만져준다.
그때 전화벨이 울린다.
은정, 천천히 몸을 일으켜 전화를 받는다.

은정   (듣다가) 그게 무슨 소리예요?

은정, 전화를 끊고 우두커니 서 있는다.

부인   왜 그러니?
은정   … 아저씨가 다쳤대요. 떨어졌다고, 어디선가
            사람들이 와서 데려갔다고.
부인   그게 무슨 말이니!?

은정, 나간다.
부인, 자신도 모르게 십자가가 있던 곳을 바라보지만 비어
있다. 그러다 구석에 숨겨둔 유골함을 꺼내 본다.

부인   그래요. 내가 그 여자 손을 잡았어요. … 사과 받고
            싶었어요. 용서하고 싶었어. 화해하고 싶었어.
            당신을… 당신을 잊고 싶었어. 당신의 시간이야
            멈췄지만 내 시간은 흘러가는데 그 속에서 당신만
            붙잡고 사는 게 정말… 죽을 만큼 힘들어서. 그래요,
            내가 당신 잊으려고 했어! 그게 그렇게 큰
            잘못이야? … 내 아들 데려가지 마. 데려가기만
            해봐!

부인, 유골을 노려본다. 유골과 부인은 마치 눈싸움을 하는
것 같다.
그렇게 잠시 뒤. 전화벨이 울린다. 부인, 전화를 받는다.
(관객에게는 그저 세상의 소음만 들린다.)
부인은 가만히 듣고 있다.

부인   아냐, 잘 들려. … 실망했니? 좌절했어? 괜찮아. 이런
     일은 몇 번이나 있었잖아. 그래, 그래도 나 안
     죽었잖니. … 이런 걸 골든타임이라고 한다더라.
     나한테 또 이런 순간이 온다면 하고 싶은 말이
     있었어. … 내가 너 안 보내. 네가 가도, 내가 널 안
     보내. 그러면 같이 있을 수 있는 거야. 그래, 다시
     와. 몇 번이고. 괜찮아. 그때까지 살아 있을 거니까.
     걱정 마. 나, 계속 살아 있을 거니까.

전화가 끊긴다.
부인, 다른 세상이라도 갔다 온 듯, 이내 정신을 차리고
수화기를 놓는다. 후들거리는 다리를 붙잡고 의자에 앉는다.
다시 유골을 본다.

8장

얼마의 시간이 흐른 다음 임대아파트.
평소의 모습과 달리 지저분하다.
집에는 은정 혼자 있다. 부인이 장 본 것을 가지고 들어온다.

부인   네 말대로 총각네 가게가 더 싸더구나.

은정   그래도 하나마트가 더 가까우니까 거기로 다니세요.

부인   시간도 많은데 좀 걸으면 어떠니.

은정   그렇게 느긋하게 있다가 암세포가 먼저 올 수도
       있어요.

부인   그놈 서둘러야 될 거야. 내가 이제 여든이 다
       되어가는데, 기다리다 먼저 죽게 생겼어.

부인, 일어나서 정리하려다, 문득 귀찮아서

부인   아휴, 다 귀찮다.

부인, 그냥 두고 거실로 가 앉는다.
은정과 부인, 소파에 널브러져 있다. 멍하니 –

부인   오늘은 여기까지만 해야겠다. 오늘은 파업이야.

은정   … 저기… 먼지 굴러다니는데.

부인   괜찮아. 안경 안 써서 안 보여.

은정   어머님도 이럴 때가 있네요.

부인   있지. 많지. 만사가 싫어질 때.

은정 그럴 땐 어떻게 해요?

부인 모르겠다. 그때그때 어떻게든 넘어갔던 거 같은데. 어떻게 했더라….

부인, 누운 채 몸을 뒤척이다가 주머니에서 무언가 걸린 듯 만져보다가,

부인 (이제야 생각난 듯) 우리 이번에 전기료 얼마 나온 줄 아니? (놀라운 소식을 전하듯) 6만 원! 이번에 에어컨 달고 많이 썼잖니? 누진제라서 안 쓰던 집이 많이 쓰면 요금 많이 나온다던데. 우리 평소보다 2만 원밖에 더 안 나왔어.

은정 선방했네요. 엄청 긴장했잖아요. 요금 폭탄 맞는 줄 알고.

부인 요금표를 보는데 믿을 수가 없어서 말이야. 다른 집들도 하나하나 다 봤어. 뭔가 잘못된 건가 해서. 그런데 다른 집들도 적게 나왔더라.

부인, 주머니에서 남의 집 전기료 고지서를 한 움큼 꺼낸다.

부인 봐봐. 우리 집보다 적게 나온 집도 있어. 올 여름 엄청 더웠는데, 다들 엄청 참았나 봐. 다들… 그래… 다들… (진정하고는) 다들 땀 뻘뻘 흘리면서 얼마나 참았을지. 그걸 생각하니까, 웃음이 나서 말이야.

은정 이걸 다 가져오시면 어떡해요.

부인 우편함에 다시 넣으려니까 귀찮아서.

은정 아니 그래도….

부인 뭐, 이 정도야 어떠니. 이 정도야….

부인, 웃음을 터뜨린다. "킥킥." 은정도 따라 웃으려고
하는데, 울상이 된다.

은정   전 더는 못 웃겠어요. … 어머니… 전 더 이상은 못
               웃겠어요. (운다.)
부인   (부탁하듯) 그러면 안 돼. 그래도 웃어야 돼. 그렇게
               내 옆에 있어줘야지.

은정은 울음을 그치지 못하고, 부인은 그런 은정을
절박하게, 슬프게 바라보고 있다.

잠시 암전.

불이 켜지면 옷을 차려입은 은정이 신발장 앞에서 부인의
신발을 가만히 내려다보고 있다. 그러다가 자신에겐 이미
없을 온기를 짜내듯 신발을 품에 안는다.
그러고는 문이 아닌 곳으로 사라진다.

은정이 사라지고 잠시 후, 잠에서 깬 듯 부인이 나온다.
은정을 찾지만 어디에도 없는 걸 확인한다. 부인은 자신이
홀로 남았다는 걸 깨닫는다.
그때 아기의 울음소리가 들린다. 부인, 아기 소리가 나는
곳으로 간다.

부인   (목소리만) 그래, 여긴 어떻게 왔니? 괜찮아. 내가 널
               안아줄 수 있으니까. 그래, 이렇게 하자, 네가 커서
               날 안아줄 수 있을 때까지, 나랑 함께하는 거야.
               어떠니? 그래, 좋아. 우리 약속한 거다?

부인, 아기를 등에 업고 나온다. 아기를 어르면서, 닫혀 있던
문을 연다. 집 안을 환기시킨다.

부인   (아기에게 집 안 물건의 이름을 가르쳐준다.) 이건 방울,
       저건 꽃병, 어, 저건 에어컨…

어느새 유골함 앞에 서 있는 부인.

부인   (아기에게) 저건 그래, 네 눈엔 이 모양이 어떻게
       보이니?

이음희곡선
두 번째 시간

처음 펴낸 날   2018년 11월 15일

지은이   이보람
펴낸이   주일우

펴낸곳   이음
등록번호   제2005-000137호
등록일자   2005년 6월 27일
주소   서울시 마포구 월드컵북로1길 52, 3층
전화   02-3141-6126
팩스   02-6455-4207
전자우편   editor@eumbooks.com
홈페이지   www.eumbooks.com

ISBN   978-89-93166-84-2 04810
             978-89-93166-69-9 (세트)
값   7,800원

  + 이 책은 서울문화재단 남산예술센터와 협력하여
    제작하였습니다.
  + 이 도서의 국립중앙도서관 출판예정도서목록(CIP)은
    서지정보유통지원시스템 홈페이지(http://seoji.nl.go.kr)와
    국가자료공동목록시스템(http://www.nl.go.kr/kolisnet)에서
    이용하실 수 있습니다. (CIP제어번호: CIP2018034815)